ふだん着論

安藤 吉枝

文芸社

はじめに

私がコンクールや、行政、企業、協会等に提出した論文、作文が採用されたり、受賞したりしました。そこでこれらの文を一冊の本に纏めてみようと考えました。

私にとって文章を書くということは、私の中の全てを吐き出すことであり、また引っ張りだすことでもあり、私の中のこころの表現です。従って精いっぱいの私の力であり、常に書き終わるときはいつも爽やかです。

しかし、喜びや悲しみ、怒りなど、その心の動きや感情をどう表現するか、この道でしっかり勉強したわけではないのでかなり難しいです。そうこうしているうちに私も七十代の後半になり、人生の集約の時代を迎えました。

私の物の見方、考え方、また社会情勢などが、それぞれの文章によりその時代などがわかってきて面白いと思います。

安藤　吉枝

二〇〇一年十二月

目次

はじめに

第一章　都市問題
東村山市における今後の課題 …… 9
都市とよばれるには …… 16
マイタウン東京――その将来 …… 19
東村山に生きる …… 24
夢のこんな街をつくりたい …… 31

第二章　教育問題
社会教育 …… 37
技能の社会化 …… 40
これからの老人問題を考える――老人唯一の処方箋 …… 43

六十の手習い——一枚の絵手紙 …… 48

第三章　福祉問題
社会の中に生きる人生 …… 53
社会活動という仕事 …… 58
社会環境を敏感に取り入れたい
—老人の願望である社会参加の収益は健康であると確信して— …… 61
母子と寡婦バンザイ記 …… 66

第四章　健康問題
入院体験記 …… 73
すこやか家族の健康リポート …… 76
地域で取り組む健康づくり …… 80

第五章　交通問題

ふるさと創生と交通……85
市民と交通と暮らし……91
公共交通機関、鉄道、バス、道路問題……96
「はっぴーねっと」……101
おわりに

第一章　都市問題

東村山市における今後の課題

はじめに

東村山が町から市になり、民主主義の発展と共に市民生活も大きく向上し、市民意識も高まり、また市民参加とパワーが文化的変化と共に目立ってきた。そして二十周年を迎える今日の市に発展してきたと考える。

高度経済成長時代から低成長経済に大きく方向転換したいま、今後の課題について考えてみるに、我が故郷東村山市がどんな町になったらよいか、またどんな町にしたいのか、既に周知の十六平方キロの面積に十二万の人口を持つ東村山市、人口密度はおよそ平均五〇%、商店二千舗、工場三百のイメージでベッドタウンを想定した住宅都市を考えてみる。

(一)　基本計画は市民の夢

住宅都市として考えるときどんな町づくりがよいか、どうしたらよいか、集団住宅や高層住宅で市民は早朝から通勤時間に追われることになる。ならば町はベッドタウンとして夢のある町づくりを、即ち、市の基本計画は市民の夢で、そこに将来像が生まれ、行政はこれらに見合う効率的なものを作り出さねばならない。

窓口の一本化

まずわかりやすい効率的な行政への道は第一に「住民の必要を充足させるサービスを提供する」ことから始まり、わかりやすいとは簡素化した組織、即ち窓口の一本化であると考える。例えば、市の窓口は縦割りでも情報は横に流すと一度に用が足りるという一元化は便利でありタライ回しされることもない。そこには自ずと効果的なものが生まれ、事務の能率化、省力化で住民サービスも果たされるのである。

市民参加

今までの多くの問題点も市民参加が大きなウエイトを占め機能を活発化し、行政への参加に評価をもたらしてきた。将来像を論ずるには多くの市民参加が必要だろう。しかし、その市民参加の立場はどういうものなのか範疇は無限に広がる。反対はつきものである市民参加は何をもたらし、これからどうあるべきものなのか、少なくとも思考的市民の参加で利害が直接的な場合とそうでない場合とを考えなくてはならない。従って、市民の行政参加権の行使での段階で充分検討されなくてはならない。

市財政への見直し

行革という言葉が合言葉のようになっている今日、行財政運営について国が咳をすると市が風邪をひくように、国は増税問題で大きくゆれ動いていることは同じ、東村山市は起債制限団体指定のボーダーラインの淵に立っている。自主財源の税収も六〜七％の伸び率で、ただいま一〇一億円が予算計上されている（予算額二二四億円）。市財政の危機は市民生活の危機で、他人ごとではない。市民は自主財源確保のためにアイデア行政や発想の転換、共同出資の公社、第三セクター、時には特産品の開発、提案箱でも準備してこの危機を乗り切らなくてはならない。

一方、市民の要求は絶えることなくたくさんある。その中で次に考慮すべきことは民間委託、例えばゴミ収集問題も民間委託だと市予算の四分の一で済むというデーターが報告されている。従って、状況変化に即応して直ぐ組織変更や配置転換が行えればよいが、地方自治法第百五十八条七項に条例で必要な部課を設けることが出来るというのがある。組織が複雑に大きくなり、配置転換が困難な状況ということである。これら縦割りのため横の機能を果たしえないだろうと考えるので、これらを克服しなくては市財政は救えないのではないかと心配である。

(二)　住宅都市としての課題

消費経済問題

住宅都市の基本計画として指摘すべきことは何としても消費経済、食品、雑貨、日用品などの消費に伴い、商店街の整備充実、駅前開発など直ぐ着手しなくてはならない点が山積している。住宅都市として必要な要素は生活必需品が直ぐ近くで購入できることがよい。既に大型店の進出問題で色々討議されているようだが、誘致してまで町づくりをしているところもあり、長い将来の町づくりの一環として立地条件など配慮されたい。そのことにより人のながれも変化してくる。これはとても大切なことと考える。便利に安価に価値ある商品を選択できる町として位置づけたいものである。

文化、教育、スポーツ

住宅都市は勤労者を主体とした町で、文化、教育、スポーツなどの施設の使用時間について検討されたい。多くの市民の余暇活動が充分できるよう、学校の施設、図書館など夜間も解放されるよう住宅都市としての機能を作り出さねばならない。

予防と健康管理

住宅都市としての次の条件は健康のこと。健康ということの第一は予防であり、第二は費用の問題。予防にこそ投資してよいではないか。また入院費などの医療貸付けを簡易な制度で設置されたい。

高齢化社会と給食

一九八五年現在の人口は次のようです。

六十五～六十九歳――三四四四人、七十～七十四歳――二九六一人、七十五～七十九歳――一九八二人、八十歳以上――一七一五人。間もなく一万人の大台となるという高齢者。現在は十二分の一という比例。この問題はまず食事について検討が必要と考える。学校給食の場を利用して、老人給食を今後の課題として検討したらどうだろうか。住宅都市であれば必然という感覚で取り組んでいただきたい。

都市とよばれるには

都市にはどんな要素が必要か。その課題として次のように考える。

暮らしの面からみてみると、道路交通、ゴミ問題、上下水道などが気になるところ。そこでこんな試みはどんなものでしょう。

交通量が限度に達する程の道路、渋滞を覚悟の通行、困難となる厳しい現実に悩む現在、交通事故も上昇ぎみで大変心配。そこで小さいことだが、
①「角地に当たる場所は個人とか公とかを問わず、その塀は必ずメッシュのフェンス」にして見通しのきく曲がり角にしたい。少なくとも出会い頭の事故は皆無にすべきだと思う。行政で規制したら実現できるのではないか。
② 混雑を緩和するために空中道路を作ったらいかが。団地、マンション、ビルなど高層建築が連立してきた昨今、「駅からの歩道を立体道路にして人々を分散させる」という方法は？　町は二段重ねとなり、活気もより以上活性化される。混雑は避けられ

るし便利になること請け合い。効果抜群間違いなしと考える。

③　ゴミは文化のバロメーターといっていた時代は終わり、今はそんな呑気なことを言っていられない。ゴミは暮らしのなかで欠かせない問題である。従って、「燃えるもの」「燃えないもの」という単純な区分けさえ不充分で、トラブルもでてきている現状を憂慮するものであるが、お互いの理性がなぜ働かないのか。そこで「ゴミ収集車」ともどももっと便利にしなくてはならないと考える。

例えば、「早朝の自動車など交通量が少ない時の収集」、カラスや猫、犬などがゴミ袋をつつかない時間帯とか、バス停なみに時間表をつくるとか、ゴミを収集場所に積み込まないで家の前に置くとか、みんな（町内）で話し合う方法を講じなくては解決は困難。

出勤時間に自動車の窓からゴミ袋を投げたり、清掃車が通りすぎてから持ち込んだり残念ですがマナーが大変よくないということを一人ひとり反省したい。

④　社会資本という下水問題

二月の国会でも質問されていましたが、日本は社会資本への投資がまだまだ少ない。

下水道では三五%しかできていないというのです。外国をみてみますと七五%を上回っているのです。経済大国、黒字国ナンバーワンのその日本がどうしてと言いたくなる。上水道のように概ねどこにもあるように下水道もそうあってほしい。みた目ばかりのことだけでなく暮らしそのものを豊かにしたい、それが本来の都市の姿ではないか、私はそのように都市をとらえている。

マイタウン東京——その将来

地域福祉と高齢者

海外旅行から帰ってきて、私の街東京はなんて安心して暮らせる街だろうと、つくづくとうれしく思いました。

しかし、毎日のニュースには殺されたり誘拐されたりの事故、犯罪しきりの日々であることも事実です。この機会に東京をより考えてみたいと思ったのです。

まず、東京には次の課題があります。

①新しい秩序の構築
②新しい価値観の提案
③社会資本の充実
④福祉施策の進展
⑤世界都市としての東京

などなど。だがなんとしても都民が実感として、やさしく暮らせる街として考えたいのです。

これからの東京は高齢化、情報化、国際化社会のなかで、また同時に日本の政治、文化の中心として、そのなかで世界都市として「日本と世界の発展」という重要な役割もあるのですから大きな心構えが必要であります。それには東京をどのように演出したらよいかという点です。

第一に「安心して住める街」にする。防災、健康、コミュニテイ、福祉、環境についての管理充実を充分に。

第二に「楽しく暮らせる街」　いきいきと活力のある街がいい。高齢者、女性、住宅、交通、産業などダイナミックな活動を支える街として。

第三に「地域からの発想のある街」として民間の豊かな活力を適切に活用、人間性の尊重、故郷と呼べるよう水と緑、都市景観などを配慮した街に。

江戸は「生き馬の目を抜く」とか、「火事と喧嘩は江戸の花」とか、こんな昔の言葉もよく考えてみれば、防災としての心構えのようでもあり、それがこのような諺として表現され残ったのではないかとも考えられます。もちろん現在とは異なるもののひとつの教訓として、今後の東京は「マイタウン、私の故郷」になることでしょう。

私が東京に憧れたのは一九四七年、その活力とその刺激でした。そしてなんでも飲み込んで大きく膨らんだ東京、そのなかでいま私は人生八十年時代における福祉社会の在りかたの一つとして「地域福祉と高齢者」について提言したいと思います。

福祉社会の形成について、自治会（町内会）をもっと活用したいと考えています。その理由として「向こう三軒両隣」というようにこの基本がきちんとしていれば「一人暮らし」「共働き」「保育」「老人」「障害者」「不登校児」の問題も助けあいで解決に向かうでしょう。また「防犯」「非行」なども未然に発見でき、発生を防ぐこともできると思います。自治会（町内会）は一番身近であるだけに人間性の基本である「助け合いのこころ（愛）」を家族から隣の人々までに発展させていきたいと考えるのです。

これが地域福祉として定着するならば将来に向かって安心して暮らせる街となり、ふるさととして語れる街となるでしょう。

みんな誰もが人生のなかでお互いに年をとっていきます。そんな高齢者をどう扱うかということが高齢化社会としてテーマになっておりますが、地域の協力があればよりよい楽しい人生が待ち受けることになるでしょう。地域はみんなのものという感覚をＰＲしたいと考えます。

老人会への助成金などを自治会単位にし、自治会行事と共に地域のなかでみんなでゲートボールなどを楽しんだり、助けあったりしたらもっと愉快になるのではないでしょうか。老人も社会に無関心であってはなりません。

また一人暮らし老人の給食なども学校給食の調理場を借りて、地域の人々でやってみるとまた大きな輪ができるものと考えます。

老人が亡くなってもすぐわからないということが新聞などで話題になっていますが、これらも地域の思いやりがあれば解決する問題です。いろいろな年齢の地域の方々とふれあって高齢者もこころ豊かに、そして子供達も感性豊かに成長していくことでしょう。

結論として申し上げるならば、地域の自治会（町内会）を見直して、地域の活性化と福祉社会の基盤として、その福祉の町作りに取り組むべきだと考えています。

長寿時代を迎え、高齢者問題は地域の問題であることを深く認識すべきであり、大切なことは地域のみなさんと手をつなぎ、それぞれの素敵なライフステージのなかで人生を送ることができるように積極的に地域自治会で協力できる社会システムを望むものです。

東京の将来は多すぎる人口をかかえ、にっちもさっちもいかないようなことになりかねない現状、それらを放射状に整理するには自治会が適任ではないでしょうか。昔の隣組は戦争云々と言うけれど、何も現代の若者にそんな狭義は不必要と考えます。平和の都市だからこそみんなで住みよい街づくりを考えるべきで、その将来に夢を足して私の街、私の故郷といえる街作りに努力したい。

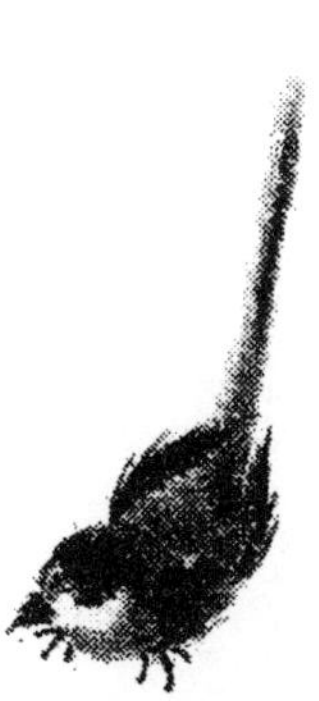

東村山に生きる

昭和二十六年、学校を卒業、就職をしたけれど、学生寮を出て住む所もなくとりあえず都落ちといわれながらこの町、東村山に四・五畳の間借りをしました。日米安保条約の年でした。

東村山は「らい予防法」により明治四十二年全生園（七五八坪）が開園した大きな歴史があり、また東京の給水能力の不足により大正五年から着工したという村山貯水池がある町でした。戦後の昭和二十、一年農地改革によりこの町は大きく変貌、二十三都営住宅が建ちはじめ、三十九年市政がひかれ、農業地から通勤圏としてのベッドタウンとして発展したのでした。

そのころ人口は一万八千人程（現在十二万）で、山といわれる田舎の未発展地であったのが、あっという間にそれから一挙に住宅都市として発展したのでした。

そんな田舎のこと、雨の日も風の日も雪の降る日も、私の住まいはいつも煮炊きは表でしなくてはならないいやな毎日で、濡れたコンロで煙に咽びながら薪を燃やし、おイモを蒸し、何のおかずもないわびしい食事。そんな世相のなか、会社では社員のクビ切りがあちこちで発生していました。そのころの組合スローガンもこんなふうに書いてあったのです。

・「平和四原則を貫け」
・「スト規制法反対」
・「電力危機緊急対策」

まだまだ敗戦の残骸をひきずっていた時代でした。

西武新宿線田無駅の横には直径十メートル程の大きな爆弾跡の穴があいていました。戦中はさぞ大変だったことと回想します。駅から会社まで七分程の道のりを土手の上のような細い道を駅から会社まで蟻の行列のようにみんな一列になって朝晩歩いたのです。八百人程の従業員の大半が一列になってつながって歩くさまは、まさに壮観でした。

そんな会社も時代の波を乗り切るためにと希望退職者数百人を募集すると発表し、会社は所有地も売り出したのです。私もいつクビになるかわからない不安にかられ心配の毎日でした。クビになったらどうしよう、直ぐ家賃が払えなくなる。そしたらすぐ追いだされるだろう。翌日から生活ができなくなるという三段論法だと大変心細くなり、お金もないくせに翌日から土地を探さなくてはと、あてのない土地探しに心をくだくようになりました。そしてその条件は単純なものですが、次のように図々しくも考えていたのです。

・駅に近いこと
・公道に面してること
・平らな土地てあること
・造成しないで直ぐ家が建てられること

など、わかりもしないのに土地に目の色を変える現代と違って、自分流にいろいろな条件を勝手に考え、これに適する土地をゆっくり探せるそんなよき時代でした。

三鷹、吉祥寺、武蔵境、田無、小平、東村山と転々とそれなりに通勤に便利なところを見て歩き回ったのです。気に入ってみると金額が思いの外高いという現実にぶつかり、がっかりしながらもどんどん奥の方へ多少の不便も止むを得ないと価格の低い方に足が動いていきました。お金もないのに探してもムダなこと、やっぱり無理とムダと両方だから諦めようとしたとき、どの急行電車も停車するK駅まで三〇〇メートルという近い所で、もちろん公道に面しているという立地条件のよい六〇坪程の平らな土地が見つかったのでつい心が揺らいで行ってしまったのです。

毎日現地を訪れ、欲望と対決しようと眺め入っていたある日、その土地の管理者と遭遇、とうとう希望的観測として私の夢を語りました。その人はついに会社までやってきて上司に私を確認、話はトントン拍子に進行したのです。お金もないのに登記の完了まで一気に進展、夢のような話ですが、そして抵当権の設定へと進みました。

それからようやく我が家に住むことができるようになったのです。今、土地は大変深刻な社会問題になっています。固定資産税も評価と共に上昇してきました。そこで土地購入から三十五年間の土地評価価格の歴史を反省してみたいと記録をみることにしたのです。記録はこんなふうです。

昭和二八年一二月一七日　山林六〇坪　価格　一四七、〇〇〇　契約成立
昭和二九年　五月二五日　家屋建築完成　固定資産税課税標準額は次のようである。
一九五五年　土地　二七、五三七　家屋　六二、二〇〇

一九六〇年　土地　　四五、六〇〇　　家屋　　一九一、八〇〇
※土地表示変更、宅地となる。
一九六五年　土地　　五八、一〇〇　　家屋　　二九一、二〇〇
一九七〇年　土地　二三二、〇〇〇　　家屋　　二七三、〇〇〇
一九七五年　土地　八四二、〇〇〇　　家屋　二、二二九、〇〇〇
※二〇年目に土地陥没。従って土盛り、新築し直しとなり家屋標準額が大幅に変更。重ねて道路拡幅工事となり、一〇％程の面積を道路として提供。従って宅地面接減少となる（行政からの保証無し）。
一九八〇年　土地　一、一二四、〇〇〇　家屋　二、二二九、〇〇〇
一九八五年　土地　一、五七〇、〇〇〇　家屋　二、二二九、〇〇〇
一九八八年　土地　一、八一六、〇〇〇　家屋　二、一三〇、〇〇〇
こうして五年毎に区切って見つめ直して見ると、世の移り変わりも見えてくるようです。これは地価ではないのですが、それでもどんどん上昇する様は文化都市になったせいかもしれません。

飽食の時代、使い捨て時代という現在のせいかもしれませんが、行政は鶴の一声で私の血の出るような困難のなか、女の細腕ながら不安のため購入したその土地を無条件にも一〇%あまりも私から取り上げた行為は実に悔しい思いでした。

土地が値上がりし、大きく変化したこの三十五年間を振り返って、あのときクビになったら家賃が払えなくなるということは切実な問題でしたが、これは古い考えというのでしょうか、ハングリーの時代であるだけに人に迷惑をかけたくないという一念であったこと、そのころの世相としてはまだまだ女性の人間的条件は非常に悪く、従って私の評価はゼロであったと思うときの出来事だけに深く脳裏に刻まれたのでした。

女性についての見方はこんな具合でした。

・女は若いもの
・世の中に対し無知である
・女には権利が認められない
・女には銀行といえども貸付金の取扱いはしない

そんな世相のなかの出来事とて大きなウエイトを占めたものでした。肩の荷はいっそう重く、生活は苦しい時代でしたが、せめて人さまに迷惑をかけないように心がけたことが生きる道であったのだと、あの時の信条を今も信じています。生きるということは家（住まい）と畑（食べる）を確保することであるとそのころは思っていました。サラリーウーマンになることが全てではなく自分の力で生きることが本来の姿だと信じていただけにヤレヤレという実感の喜びでした。

そんな東村山に生きて、今は第二の故郷として私はここで老いていくことでしょう。

夢のこんな街をつくりたい

夢と喜びのある暮らしがしてみたくて設計図を書いてみました。

こんな街ならみんなが喜んで集まってくることでしょう。活気があってみんな生き生きと輝いています。それは私が叡知と夢と理想をこんしんの力を込めてつくりあげた街だから。

今までおしきせの殻のなかでむずかりながらあえでいた、それが一度機にどっと噴射のように吹きでたものです。自分の住みたい町を探しても見つかるとは思えない、だったら住みたい町を自分で設計してつくってみたいとここに提案をしてみたわけです。

高層建築と高層住宅の街のなかで
① 街はビル、マンションなど、建物は高層化時代となる。そんな屋上にヘリポートをつくり、自由に渋滞をよそめに飛び歩いてみよう。
② ビルからビルへ地下道のように空中に橋をかけ、歩道橋と繋げたい。瀬戸大橋のよう

に海のかわりに大空のなかを豆の木のジャックのように歩くのもまた楽しいものではないかと。途中の交差点にはエレベーターをつけ、地上におりてくる。そんなスリルがまた素敵ではないでしょうか。

③　ビル群の乱立により日照権が問題になってくるので、ここで反射鏡を使用することを義務づけたい。相手ビルの北側住人にエールがわりに反射鏡で集めた太陽の光を送ることにする。そしたら日陰はなくなり、円満な喜びの暮らしになること間違いなし。

④　高層建築物には少なくも中腹に緑の公園を設置したい。コンピューター時代なれば目や心を癒すためにも、気分転換にも緑は素晴らしい役目を果たしてくれます。

⑤　一般道路の道角の処理について、向こうの見えるメッシュのフェンスをぜひ実行してほしい。出会い頭の事故などを根絶するために、公はもちろんのこと私有地といえども向こうが見えることを義務づける方向に進展させたい。

⑥　ゴミ収集について、快適に暮らすためにはどうしても考えなくてはならない問題。そこで提案するのはエスカレーターのように動くU字溝をつくることです。時間帯で動くとか、コンピューターで自動処理するとか街はぐっと美しくなり、みんなが住みたくな

りやってくることでしょう。

⑦ 健康に関心のある現代人は体力づくりに余念がない。従って、そんな体力作りをイメージにしたアスレチックコース、重量のある石上げコース、カエル飛びコース、鉄棒、平均台、エアロビクス、体操用グランドなどの設置で楽しくまた身体を鍛える美的公園にする。室内でなく青空がいいのである。

⑧ 日用品の買物は便利で廉価で近代的なものでなくてはならない。そこで大型スーパー、大型生協などケアー、サービスなどを主体にしたサービスエリアを設置したい。

⑨ ウォーターフロント、マリンなど流行言葉となり、海はリゾートだけでなく身近なものになり、私達も自分のボートやヨットを持つようになる。そこでこの船で東京には川がたくさんあるので、自分の手で自由に航行してみたい。都会の自動車の渋滞をよそに川をスイスイ泳ぐように走ってみよう。時には、駐艇場にボートを駐艇させ、買物に、散策に、夢のある暮らしがしてみたい。私の、みんなのスイートシティである。

第二章　教育問題

社会教育

信念だけで真に豊かな社会がつくれるというが、よい結果が生まれるものでもない。

要はもちろん教育であることを痛感するものであるが、戦後教育に教科書を墨で塗りつぶした時代からパソコンを自由に駆使する今日までを考え合わせてみると、ハングリーであった戦後時代「ララ物資」をもらった喜び。敗戦で貧困のどん底のなか世界のトビウオと評価されたオリンピックの水泳競技に感嘆したあの喜び。その一つひとつが日本人という誇りを持っていたせいではないかと思われる。

あれから四十数年、今は世界規模の価値観で判断する時代となった。日本も経済大国といわれるようになり、今だからあの喜びを分かちあいたいと思うのであり、その基本である喜び、即ち「こころ」に影響を与えるものしてやはり教育を世界規模で考えるべきであると思う。

食文化を体格を比較するとき如実に判断がつくように、体育的成長の実現はなるほどと受け止めざるをえない現実があるように、目的と意思をもって「真の豊かさについて」教育と研修をすべきであり、誇りを持ったなかで愛と慈しみの温かい心で教育すべきでありましょう。

戦後、こころにズシンと響いたのは「自由」「平等」「平和」の三原則でした。そんな時代のせいか私は迷うことなく法律を選科として学んだのです。それは人々の暮らしの基本は法律からと考えたからです。今はただこころの広い人間になりたい、真に豊かさのある人間になりたいと、こころの基本を鍛えるべく勉強をしている。

振り返って、倫理、哲学について徹夜で討論した青春時代は、人間形成に大きな影響を与えたことと考えている。従って、入学試験の勉強に追われる現在の青年にはその余裕がなく、飽食であっても心が貧しい。勉強はできても人間性に乏しい結果となったように判断する。故に豊かさがお金だけでひとり歩きしてしまったのではないかと反省し、将来に向かって社会性のある人間の教育に全力を尽くすべきであると提言したい。

今は昔のことというけれど、世界に目を向けたとき、あちこちの国で戦争、紛争が起こっている。昔の日本のようにただ一途にお国のためということが報道されているが、私は戦争になる前の状況から日本のように悲しい思いをしないために、子供や国民に平和教育を社会教育として世界の中で語ってもらいたいと念願している。日本の平和憲法もそんなとき役立つとよいなと思っている。

技能の社会化

私は中高年女性にとって生涯能力の開発は必要であると考えています。それぞれがその能力を生かして社会の中で再度活動し、自立することが大切であると考えるからです。従って、これら目標（生涯能力の開発）を達成するためには自立を希望する人々に直ぐその技能、能力のいろいろを安心して次のステップに進めるようにアドバイスすべきと思うのです。

これは長寿社会の人生の使命であって、目標を設定したら簡単に前進すればよいというのではない。新しいことは何であれ努力が必要で、そこで具体的な行動目標を設定し、充分な情報と責任あるアドバイザーなどにより研修するのが良好と考えるのです。

私も一昨年「ワープロ」や「パーソナルコンピューター」を修了。また昨年は放送大学にも入学し、「裁判と市民生活」で単位をいただき、本年はＮＨＫ学園に入学し、「水墨画」を修了し、証書をいただいたりしました。その後も絵手紙を書いたり、ワープロで作文、論文などを書いたりして一人で喜んでいます。その後も試行錯誤しながら、今度は「食品衛生責任者」の資格に挑戦、資格をとりましてただいまボランティアとして行動しています。

生涯能力の開発ということは技能の習得ということでもあり、それには、「情熱」「必要」「好き」などという条件があると、また一段と進歩も早いと思います。趣味一つでもマスターするとそれなりの自信がつきますので、自信と情熱を持って自己能力の開発をしたいと願っております。

「やわらか頭」という表現が昨今目につきます。やわらか頭でアイデア発掘なんてタイトルをみると、企業も個人も頑張っているなと思うのです。しかし、ちなみに○○という新ビジネス会社が資格講座など開催していますが、我々はその内容などを充分研究し、勉強に値するものかそうでないものか判断しなくてはなりません。

中高年女性にとって研修は苦手なことですが、生涯能力こそ将来に光を持つものであり、女性の平均寿命も年々上昇し、八十歳をはるかに超えております現在、こんな時こそ将来に向かってますます多くの方が生涯能力を身につけられるよう頑張っていきたいと考えています。

高齢者になったとき、明日への暮らしの希望をどうしますか。毎日が日曜日の日々がこれから二十年、どんな暮らしをして生きていきますか。それぞれがプランを持つようにしたら、活気のある有効な日々を送ることができるでしょう。技能の社会化とはそういうものではないかと考えています。

これからの老人問題を考える——老人唯一の処方箋

老人の意識

老いとは称号（職業、地位）がなくなることによって意識し、また子育てが終わることによって自覚すると考える。

老人は稼動能力が減少し、生活費が不足しやすい。そのため生活空間が縮小し、家族関係と地域生活とがとりわけ深くなる。そんななか社会保障が人々の貧困を解き放つと、かつては約束された。

さて、人間はいつから老人になるかを考えてみると、「老いた、年をとった」とはいうものの明確性はない。社会的には六十五歳の誕生日が老年期の入り口である。六十五歳以上は現在九千七百人で、十三対一である。老人という概念と別に、もう一つの決め手は暦年齢よりむしろその人の生活様式（ライフスタイル）ではないかと思われる。町ではこんな呼称もあるという、即ち五十五~七十五歳をヤングオールドと呼び、七十五歳以上をオールドオールドという。健康状態と知的機能を磨いていつまでもヤングオールドと言われたい。

老人基本的要求

老人が充実感を持つことは、愛情、経済、介護、保護など多面的なものが家庭において老人に向けられるということではないか。男性の老いは容認されるのに、女性の老いは醜いと思われているのも払拭したい。従って、老人ケアも家庭から病院へナーシングホームへと場所が移り変わってきた。

老人にも生産や快楽がと考えるものの、その一方、医療か建物かサービスかも検討されなければならない。その決定は未来の生活をどのようなものにするかである。

老人とて一般の人と何ら変わらない。ただ年齢が高いだけで老人唯一の処方箋はない。しかし、これまでなれ親しんだ家族、友人、環境から離脱したくないということや、病気や衰弱したとき世話をしてほしい、死が自然な道程として扱われたいと考えるのである。

老人教育

環境デザインや生活デザインはある要求を充分満たすために方法を選び、要素や階段、手続きを工夫し構成するもので、一定の首尾を目的にプログラムを慎重に計画し、人間が持つ制度、特質を反映させるものである。老人の生活時間は自由に使える非労働時間が増えているので、これを利用し、質的高さを延ばした人生にしたい。

質とは居住、プライバシー、経済などで、それぞれがコミュニティを作って勉強したり健康維持をしていきたい。これが環境生活デザインとしてよい影響を与えることである。老人は特に均質的なグループではない故に老人は受動的でなく、それらから脱皮するのが賢明であろうと考える。

依存的で非生産的であるこれらの老人は今後増加するであろう。従って、これらの人々に生涯教育を目指したい。今老人をより大きな消費者グループとしての対象にした開発企業が旅行、ゲートボール、カラオケなどを産業としてきた故に老人は受動的であってはならない。

未来の老人

私達は老人の尊厳や安らぎを経済的、建築学的に未だに満たしていない。イヌイット文化のように獲物のないときは永久に戻ってこないというが、人道にかなった倫理的選択が本当にできるか。家で生涯を閉じたいと望んでも病院あるいはホームでという現在を反省せねばならない。

老人唯一の処方箋はないかもしれないが、地域社会の中で余暇時間の利用を生活デザインして自ら積極的に選択し、社会から拒否されないメンバーにならなくてはいけない。かえって社会への貢献者として新たな奉仕の役割を作りだすことをしたい。年齢の差別ない社会を築くため、社会を変化させる主要な役割を演ずることも必要である。年をとることへの魅力的なイメージを作り出すことができたなら、老化への恐怖を和らげる大きな変化になることでしょう。

六十の手習い——一枚の絵手紙

一人前とか半人前とかいう表現がありますが、定年という暦年で会社、行政においても老人扱いされ半人前以下という感じで世の中が一度に暗くなりました。世の中の仕組みがそうなっていることはとても寂しく残念です。

電車に乗っても必ずシルバーシートに座わるのでもありません。どこにいても心ある人に会えば善処してくれます。従って、善意のように見えるシルバーシートはなくした方がいいのではないか。世の中が相手にしてくれない老人は隠居という言葉がぴったりかもしれませんが、これまで活躍してきたのに、定年となったとたんに人生裏向きというのは悲しいことです。

それでなくても名刺の肩書がなくなって寂しいところです。やむなく老人会に入り、ゲートボールや旅行しきり。これも若者の目からは不愉快かもしれません。このバランスがうまく保てたらよいのにと思案しきり。

今までの集約として好きなようにゆっくりと暮らせばと人は言うけれど、人間やっぱり目的を持ったり、社会活動をしてこそ生きている意味があるもの。それでないとボケてしまいそう。従って、社会活動、それが生き甲斐と欲望であると考えました。

今「絵手紙」というのをあちこちで拝見し、私も子供や孫に月に一度くらいあの絵手紙通信をしてみたいと思うようになりました。六十の手習いということもありますが、電話はそこそこにして心の交流として薄れがちになっている心を、一枚の絵手紙にして何を書くか目的、観察も必要と、最近ハッスルして健康にも注意し頑張って毎月初めに書くことにし実行してます。問題はどれだけ長続きできるかが今後の仕事で、楽しんでいます。

第三章　福祉問題

社会の中に生きる人生

「老人、高齢者」という言葉に私は大変こだわりをもっています。命あるものは老いていくということは頭で理解していますが、感情としてはいつまでも元気で張り切りたいと思っていますから、十把一絡げに高齢者と呼称されることを好まないのです。

人間の能力は加齢と共に低下するということについても、最近の研究によると根拠のないことだというのです。従って、この「年齢神話」も払拭したいものだと考えています。

また、どこに行っても老人ばかりとか子供ばかりというのもいやです。世の制度として六十歳以上お断りというものもあり、また反対に六十歳以上はどうぞというものなどいろいろありますが、それぞれのノウハウを持った人達です。みんなが生き生き暮らしていくには、いろんな人がいてこそ楽しいものと考えます。だから私は社会の中にかかわりをもった人生を楽しく生きていきたいと「社会の中に生きる人生」を主張したいのです。それは次のようなことです。

・いつまでも社会で役立ちたい
・常に新しい勉強に挑戦していきたい
・老人大学などで学んだことや自分の小さな知恵も併せて社会に還元する方向で前向きに生きていきたい
・老人福祉サービスなど仲間同士で助け合いをしていきたい
・働きたい人が集まって老人会社をつくって生きがいのある人生を共に生きていきたい
そんな考えをもっております。

希望をもてば「人生は生き生きとしてきます」 生き生きした暮らしのなかには病も入りにくいものです。従って、「情熱という熱資源」で病をふっ飛ばし元気に活動できると確信しております。

若さとは心の持ち方で、「理想を失ったとき老いがやってくる」のではないでしょうか。昔は隠居という名誉を与えるような制度がありましたが、それも今は田舎で晴耕雨読「年金生活者」ということで表現されています。しかし、静だけで表現されるのはいかがなものでしょうか。老人も都会のマンションに住みカルチャーセンターに通うように、世の中も変わってくるでしょう。だから老後の生活は「自分らしい生きがいのある暮らし」を自助努力で作っていきたいものです。

趣味もあくまで消費的趣味で楽しむ方法や、世間や我が家で役立つ、生産性のあるものや、また利用できるもの、健康に役立つもの等いろいろありますが、これも六十歳になってから考えたのでは遅いということも知らねばなりません。趣味も人間性も蓄積が必要であることを六十歳になったとき痛感します。

これからは、若い人への負担をできるだけ少なくしたいという人間愛はみんなが考えるものです。従って、老人大学などで学んだことを幼稚園などで子供と語り合えたら、さぞ楽しいことではないでしょうか。そうしたら、明日に向かってもっと勉強しようという意欲で、健康も自ずと充実するものと考えます。

医療費や国民年金など、老人と若者との比例を見たり聞いたりする度に心が痛みます。だからといって肩をすぼめて歩きたくもありません。従って、自助努力として老人のケアなどを老人同士が助けあっていきたいと考えるのも一つの方法です。

時代は六十年間の高齢者の技術を必要としない経済事情と、化学時代になったという現在であり、これらについて理解はするものの高齢者であることが何の役にも立たないことにつながるということは寂しいものです。経済のみを追求しない「生き甲斐会社」をみんなの力で作って、社会の輪の中でかかわりあい、それぞれが働けたら元気も倍増するのではないかと考えます。

心と体の健康づくりと共に輝く自分を見つけ、そして長寿社会にその喜びと人生を充分味わうことができると信じるのです。

東京都高齢者事業振興財団が主催した「高齢者のためのパソコン・ワープロ教室」という能力開発事業にこの六月参加しまして近代機器に挑戦、そして征服という喜びは胸ワクワクのものでした。今度はこれを機会に「新たな出発」としてせっかくマスターしたこのOA機器を活用した何かをやりたいとただ今考えています。この小さい機器が私の打ち込んだキーボードに反応、命令語にさっそく思った通りの文字を打ち出してくれることは正に歓喜であります。ストレスもヒステリーもありません。穏やかに私のペンとなってくれたことに喜びをもって仕事を思考しております。

何の取り柄もない私でしたが、今度新しい技術を覚え、OA化のなかも歩けるようになり、この感謝の心を世のかかわりのなかで還元していきたい、そんな欲望をもっています。ぜひ生き生き人生をみんなで挑戦しながら送っていきましょう。そんな考えが私の主張であり、今後もコツコツ努力していきます。

社会の皆さんが高齢者を理解していただいて（いずれ順番にやってきます）、社会の一員として温かい思いで接していただけたらシルバーシートもいりません。協力し合う心で手を携えて歩きたいのです。もちろん高齢者も頑固ではなくみなさんに対して良き先輩として存在したい。

社会活動という仕事

六十歳の坂はとうに越しましたが、自営業という仕事は定年もなく年と共に仕事も落ち着いて生活も経済的自立も安定し、私は高齢者（一九二四年生まれ）とは思っていませんが暦年齢ではそういうことになります。

ただいまは社会活動に一生懸命努力しています。例えば、今は「町内会長」「市の母子会会長」「市環境部の資源回収を楽しくすすめる会の副会長」等、個人的には「地域活動」としての道路清掃、空き缶拾いなど地域の役目と思われていることなどは率先し頑張っています。

また今よかったと思っていることは「自動車の運転」「ワープロ」「パソコン」の入力などが誰かに頼まなくても自分でできることです。現代を生きていくには先ず現代の言葉や、現代の機器に同化しなくては私達高齢者ははじき出されてしまいます。今日本人女性の平均寿命は八十二歳と統計に出ているようですが、少なくともそれまでは元気で現役で頑張っていきたいと願っています。今出来ることは何か？　自問自答してみると社会にも家族にも迷惑をかけないで自立し、楽しく仕事ができるということになるのではないでしょうか。

多くの方が自分に合った仕事を見つけ、ずっと現役で頑張っていかれたら、きっと病気もなく楽しく暮らせると思います。私には今の仕事がピッタリのようで、そのようなことも今になってわかってきました。悟りのようだと思っています。

しかし、私も以前は何をしたらよいかさっぱりわからなかったのです。だから人生は面白くまた苦労も楽しいもので、それぞれ頑張っただけの価値ある仕事をしたいものです。そろそろ人生の集約をする年齢になってきましたので、昨今はつくづく反省しきりというところです。

若い人々に幸多かれと願うためには高齢者といえども奮発し、勉強したり努力することが必要で、それらの喜びを今後の糧として元気に頑張りたいと社会活動という仕事を精いっぱいしています。

しかし、現在の社会風土としては「若返り」が叫ばれております。議員の定年制、役員の若返りなど折角勉強した高齢者もやることはなくなります。ちょうど学生が卒業してからの仕事がキャンセルされたりしているように。そんな中とて自分で切り開いた道はまだまだ頑張っていけます。だから中高年になっても心配なく社会活動として働いていけます。従って、大きな夢を持ち次の世代のみんなが楽しく暮らせるようただいまも頑張ってます。

そんな張りのあるうちはたぶん健康に暮らせるのではないかと毎日五〇〇〇歩ほどウォーキングをしています。

社会環境を敏感に取り入れたい
―老人の願望である社会参加の収益は健康であると確信して―

実践記録、社会を歩いてみよう

老人の老いは足からくると聞く。従って、足をしっかり地域のなかで立ち上がらせ、健康や生活にも自立して生きられるという自信をもって暮らしたいと考えたのが始まりで、毎月第三火曜日に研修（マネー講座、福祉講座など）をしている外に寺院まわり、山歩き、観光と既に十二回のイベントを重ね、今度はどこにどんな目的でと考えることもまた喜びである。

歩け歩け運動とか、ハイキングとかいろいろな表現で呼ばれていますが、この目的は健康のために歩くことで、条件はどこへ行くにもなるべくバスは利用しない。ただし五、六キロを限度に無理をしないで歩いていこうと努力しているものであります。ここでは会員制度ではなく、いつでも誰でも参加できるというところがみそで、費用は電車賃のみ、お弁当持参で出かけます。本来の目的は再利用資源の回収と健康歩きであるので、この点の理解と協力を参加者にお願いし、ごみを通し、お互いのコミュニケーションをつくり、また他の町を見て歩き、見聞を広げ、批判反省し、自分達を重ねて見直してみるよい経験とその機会を喜びながら社会に反応して若返っている現状であります。

老人の福祉について、老人の個性を尊重したい

老人福祉にもいろいろと配慮されてきていますが、そんななか、時には老人ホームの見学をしたり、病院にお見舞いに行ったりしてお話などを聞きながら思うことは、老人は概して個性が強いのでその点の配慮が必要だということであります。

ホームは平均三、四人部屋になっていて、カーテンで仕切られた個室。病院でも同様ですが、死ぬまでここにいるという居宅となるような部屋がカーテン一枚で仕切られていることは甚だ寂しいものとみました。老後の暮らしを支えるものは何であるか。経済、健康、もうひとつは心（精神）の問題ではないかと考えるのです。老人ボケ（痴呆症）などにつ

いても人間的に考えると心の問題のような気がするのです。即ち服従的な心の戦いの長い歴史がつくったものではないかと勝手に考えたりして。最近テレビなどで放送している地上げなどで家探しに大変な姿など見るが老人には貸したがらない、家賃が高すぎるなど困る、などいろいろなことが発生してきている。経済第一主義になったためか甚だ残念な社会情勢である。

核家族という言葉も知らなかったのに、現状はこれらが一般的になっているというのもその一つである。従って、老人とて甘えてはいられないのだ。

老人クラブというものがある。もちろんどなたも老人みんなが入会しているのではない。でも大方の老人が大体年金生活者だという。昔ならこれらの老人は勤労奉仕というところでしょうが、今はゲートボールに旅行と現代を反映していて羨ましい。然しこれらも何十年も働いた成果である故にしかりということである。

しかし中国東北地方（スイフンガ）で早朝見た光景は老人たちが大勢ほうきを持って集合し、まだ明けやらぬ早朝の町を道路一杯になって清掃を始めたことでした。昔の日本もこうだったと思い起こして拝見したのです。

繁栄してきた日本での老人福祉とは何なんでしょうか。その目的、その哲学は、国家や若者が老人に対して感謝の意思表示として老人を大切にする手段なら、それはまた素晴らしいことであるが、老人本人も福祉のお陰、若者のお陰と感謝しているならお互いに幸である。そんなやさしさも考えられないが故に老人問題はいろいろと難しいのが問題である。

電車の中にシルバーシートというのがある

これにも議論沸騰というところ。だからいっそのこと老人バッチを付けるようにしたらいかがか。座席の欲しい人はそのバッチをつけてシルバーシートに行けば座れるという特権が与えられるということである。シルバーバスより意味があるかもしれないと考える。

最近の問題としては墓地がないということに苦悶がある。また死への旅立ちとしての葬式ということも見直しを考えてよい頃ではないか。それは自然壊滅をしてまで墓地をつくるより記念樹でも植樹した方が適切ではないか。墓地についての考え方を現代的に見直してはどうかと提案したい。

自然壊滅が問題になっている現状のなか、墓地をつくることを中止し、墓石の変わりに樹木を植えることのほうがよほど社会的である。

また告別式についても誰のために何のためにと考えざるを得ないいろいろな疑問点がある。喪主の顔で列席者が参加されるのであって、死者に対する愛情のお別れではない。従って、死者の知らない人ばかりということにもなる。それほどに告別式をしなくてもよいのではないかといろいろな意見が出ている。

老人というと忘れっぽいとか、記憶力の低下を当然のように表現するが、これらも医学的根拠はないという。故にこれらは払拭したいものである。そして老人の社会参加のシステムをつくり、老後の暮らしをより豊かにしたい。社会環境はみんなで作るもの、従って、古い葬儀のしきたりがいいか、昔形式の墓標がいいか、参拝の仕方ももっと現代的にしたらよいかとか、戦後五十年、昭和になって七十年になろうとしている昨今、新しい考えを持って、より豊かになるならそれもよいのではないかと自分や墓地を眺めている。

母子と寡婦バンザイ記

はじめに

母子というのは、寡婦というのは、と法律的にはいろいろな決めごとがありますが、矛盾もあったり、なかなかそううまく線引きできないのが現状である。そもそも母子会という組織ができたのは戦争で多くの男たちが戦死して、その妻たちが戦争未亡人という集団となり、遺族会として行政に支えられ発足したその中の母と子が母子会となり、年月の経過の中で子供の成長をみたとき、母は寡婦と呼ばれ今日「母子、寡婦」という名で行政の指導の中で成長してきた。

私はこの東村山市の母子寡婦の会にずっと後の一九九一年から会長として運営にあたった。この町もどんどん成長し、人口も十三万五千人程、世帯数も四万五千ほどとなり、母子の家庭も寡婦の世帯も増えていると思われるが、これらの実態はなかなかつかみにくい。

それにしてもこの母子寡婦の会員になる人は少ないようである。それは会の運営に魅力がないから会員が増加しない、宣伝が不充分だからではないかとか、現在ではあまり必要さを感じないから等々いろいろな意見があります。そこで問題点は目的とそれに伴う価値ということになるかと思います。

取り上げる問題点

これらの母子世帯が現実に生きていく立場として「経済問題」「家族問題」「住宅問題」、それにつづいて「健康、医療」「学校、教育」と、問題と指摘すべき事項は山積している。しかしこの小さな会として何ができるのか反省をし将来の活動を見定めなくてはならない。

会として何をすべきかと考えたとき、会として組織として「親睦、助け合い」は当然ならば、今回「経済」を取り上げて見よう。内職なんてそんな生やさしいことで生活はできない。やはり技能を身につけて、何とか子供の成長するまでの大波を乗り切って生きる方法を考えねばならない。しかし、現在はみんな既に仕事を持っている人が多いので、これらの心配は少ないという。

かえって寡婦の方に必要があるのかもしれないと思われる。以前のように和裁、洋裁、編物、簿記、これらはみな古い技術として顧みられなくなってしまって、講習会を開催しても参加者は皆無。

従って、今回はワープロを取り上げて見た。ワープロ講習会はまだまだ花盛り、希望者は予定の倍に達した。三カ月の講習会は大成功を見た。しかし、私はこの技術を後々まで引きずっていって生活への糧にしてほしいと願って、アフターケアの作戦を練っていただけに夢に終わってしまったことをはなはだ残念に思う。それは皆さんがただ覚えればいいと思っていたからでしょうか。こんな小さな会では皆さんの生活の中まで入り込む事はできません。従って、今後は単なる教養として取り組めばよいでしょうか。それなら母子会は単なる親睦の会で、時々教養講座を開催すればよいということになります。皆さんはそれで満足されるのでしょうか。そんな会ならどこにでもあるのではないかと反省する。会長三代目の安藤吉枝が言うことです。そしてそろそろ三十周年記念の日も近年にやってこようとしています。こんなとき母子また寡婦についてバンザイ論を書いてみる。

母子と言っても二十代の若年から、八十代の高齢寡婦が一同に集まって会を構成することはなかなか難しい。嫁と姑のような感じで統一目的も困難である。それぞれが艱難辛苦をなめてきた人々で一国一城の主ばかりである。従って、これまでは要求、要望が多く提案されてきたようだが、本来は母子と寡婦が助け合うのにとても好都合な会であるということを認識したい。目的はいろいろ異なっていようとも、お互いの理解と歩み寄りで素敵な頼りがいのある会として運営され、理想に近い形成を希望する。

最近の統計上でも離婚率が多く、従ってこれらの世帯は増加する一方だ。しかし、世の中はまだまだ女性に対して差別の目を持っている現状によけい心の重荷となり苦しむ故に、これらの母子会はその援護として存在したいと考えるものである。

若いお母さんたちは、ニコニコ離婚のようにさわやかに、母子家庭はかわいそうではないという。またセピア色の子育てともいう。でも困っていることはやはり仕事をみつけること、若いからとてそう簡単ではない。その次には住むところ、子供がいるということでなかなか見つからず転々としたという現実の声が切々と聞こえ真剣に考える。

母子家庭問題は母子のみにあらず女性全体の問題で、敢えて母子家庭と言わなくて良い社会にすべきであり、これからの運動によっては社会が変わるのではないかと考えている。

統計を見る

東村山市が一九八八年、一人家庭の実態調査をした。その概略は次のようで、一人親の対象としては概ね四百世帯ほどで九五％が母子家庭で、三人家族が四二％。母親の年齢は四十〜四十四歳が三一％。一人親になった原因は離婚が六八％、離婚当時仕事を持っていなかった人が六二％。年収としては百万〜二百万円が三三％、住居についてはアパートが二三％、四〜五万円の家賃が二三％。悩みごとについては経済面五〇％など多岐にわたる調査がありましたが、ここに掲載した数字は一番多いという一部のものを取り上げてみました。以上がとりあえず申し上げたい事項で、母子家庭バンザイと叫べるような活力あるものにしたいと努力をつづける。

第四章　健康問題

入院体験記

病気らしい病気もなく元気だった五十歳の秋のある日、突然嘔吐や下痢に襲われ病院に行ったら、町医者は大手病院にという。やむなく国立病院に行ったがどうも安心できない。そこで伝《つて》を頼ってガンセンターに行くことにした。

これまでの病院での検査結果はまだ出ていない。わからないままガンセンターで検診を受けた。近いうちに入院できるよう準備ができたら連絡しますという答えであった。周囲もみんなも難しい病気らしいと、何でもガンにしてしまうそんな社会情勢でもあった。

胸ドキドキの悲しい心を抱いて、ともかくも連絡を待った。幸いにも三日後、入院の支度をして来るようにと電話があった。はじめての入院。入院に戸惑いながら指示の部屋に入った。体温、脈拍、尿検査、血液検査、その日はそれだけで早い夕食。次の日から本格的に検査が始まるという。

手術の必要なし。身体まるごとひっ繰り返しての検査、休んでは検査この繰り返しで検査五十日程。ついに私は四十二キロの体重が三十キロ弱になって、小さい体がより小さくなってしまった。

クリスマスキャロルのセレモニーが終わった冬の日に退院することになった。洋服がみんなだぶだぶで、全くみっともない姿であった。

その後通院ということになったが、地下鉄の階段が上がれない、そんな状態の苦しみを越えてやっとの思いで十日ほど経ったある日、帰宅途中から気分が悪く、またやむなく近所の公立病院に入院。もちろんセンターには連絡して指示を得、二度目の入院になってしまった。

第一日目、点滴を受ける。外科にまわされた。腸を手術するという。理由は腸の細くなっているところに問題があるという。私は納得せず、そんなこんなでずるずる二カ月が経過した。もちろん私は元気で暇を持てあましている。

三月、春を待つ息吹が伝わってくる空気。そんな日の朝五時頃、腹痛に悩まされ、医師を呼ぶ。医師がいなく九時ごろまで待つ。盲腸と診断され直ぐ手術となる。五分くらいの短い時間のような気がした。その三日後に退院することになった。

あれからは、その後何の異常もなく早十五年が経過した。今も元気であの頃を懐古している。あの二つの病院、あれはなんだったのでしょうか。初めから盲腸ではなかったかと今も疑っている。

お陰で病院が大嫌いになり、医師も信用できない心情で残念に思う。「病は気から」とか「自然快癒」とか、私はこんな言葉が真実のような気がして、現在は自分に問うて毎日を健康に過ごす努力をしている。

すこやか家族の健康リポート

私の家では縦系列も横系列もみんな元気で、これまでにも誰も病気らしいものをしたことがない。しかも長寿家系のようです。

そんななかで私一人がある日突然入院するという現実に、家族はびっくりオロオロハラハラする始末。経験のないこととて驚いたものの病院というそのものの厳しさは知らなかった。

結局のところ「盲腸手術」という結果で退院したものの、私としては大変なショックであり二度と入院したくないと、その後において健康ということを真剣に考えるきっかけとなり「一病息災」という意味もわかってきました。

従って、それからというものは、ずーっと毎日雨の日も、風の日も、雪の日も三キロという僅かな距離ですが、健康を意識して「ジョギング」、また最近はウオーキングという散歩をし続けるようになり、早いものでかれこれ十二年余になります。

意味がないことは気張りもなくだらだらになり、続けたくなくなると思いますが、今では健康を意識し癖になり、早起きしないと気分が悪いので、日課として私や家族のなかに入りこんでいます。初めから苦痛ではなく、快い快感に誘われるように楽しく早朝の目覚めを楽しみにしております。お陰さまで体形も体重もまあまあという現実に満足感をもっています。

私の家族は娘夫婦とその子供達二人の五人家族で、その大きな子供達相手に六十歳の私が腕立てふせを、懸垂を、縄跳びを何回やったと体力を発表しあってひとり悦に入り喜んでおります。

健康ということを真剣に考えるようになったことはあれ以来で、栄養剤とか○○薬というものは一切使用したことがありません。身体の芯から健康にしたいという念願で、食事と運動をほどほどにと考えて、家族みんなで実践に努力しています。

国民健康保険から保険証を一回も使用しなかったからということでプレゼントをいただきまして、自分の健康と家族の健康にも自信を持つようになりました。昔から諺にも「病は気から」とか申しますが、私は人体の自然快癒ということを信じておりますので、あまり人工的にいろいろなものを吸収したくないと考えております。

従って思ったことはずばり発言したり、すぐ実践したりしてストレスなど貯えるほどクヨクヨとはしません。ちょうどお洗濯した後のように、またおふろに入った後のように実にさわやかでさっぱりしている自分によかったと安堵しています。

最近、老年期を迎え、ボケたくないとして心がけていることが次の五つです。
① 目的を持つ
② スケジュールをたてる
③ いつも希望に満ちている
④ 若さを失わない
⑤ 満足感を身体いっぱいに持つ
以上ですが、身の程を知らぬようなと笑われるかも知れませんが、この五項目は大切なことと思います。

老人とは、という古い意識で観念的にスケールを作ってはいけません。老いも若きも自分の暮らしに合うようなスタイルで健康ということを考え、やたらに薬や人に頼らないで、素晴らしい健康を維持するための施設や、社会環境の備わっている現社会を有意義に利用し、より健康のために共合してゆく努力をしていきたいと考えています。

地域で取り組む健康づくり

私は地域活動として「空き缶拾い」と「一万歩ハイク」の活動を実施し、自分を含め健康づくりに頑張っています。

既に組織としては三年ほど経過しました。空き缶拾いは毎日一時間ほど、一万歩を歩くハイキングは月一回、多摩周辺をあちこち楽しんで行っています。会としては今月で三十八回目になります。五日市、奥多摩、青梅、秩父、葛西、川崎と名所めぐりから観光をかねて結構楽しんで参加しています。お陰さまでとっても健康でお医者知らずで頑張っています。午前五時頃からの道路清掃に始まり、周辺の空き缶集めに五千歩ほど歩き、汗をかきます。私は個人的にも一九七五年頃から一人で実施していましたので早朝とて苦になりませんが、習慣になるまではそれぞれみなさん大変のようです。

昔のようにただ黙々と実行するのではなく、楽しく夢を持ち、今度はどこに行こうかそんな会話の中で励んでいます。夢が必要であると思いました。従って、長続きするハイキング、その秘訣としては次のように結論づけて頑張ってます。

①　費用をかけない、千円目標、昼食持参
②　あまり遠くに行かない、交通機関は電車だけでバスに乗らないで歩く
③　無理に誘わない、電車の混まない日程、時間帯を選ぶ
④　思いやり、励ましあいの心を持つ
⑤　汚れてもよい洗濯できる服装で

この五項目を守っていけば、皆さん楽しんで健康のためと自覚して頑張っているのです。

なお空き缶などの収益は車椅子、紙オムツなど社会福祉協議会に寄贈しています。

第五章　交通問題

ふるさと創生と交通

交通とは

交通について私は「人や物、あるいは意思、情報が、ある距離を隔てた地点の間を移動する」ことと認識しております。

佐波宣平は、交通の概念を技術的と社会的とに分け、技術的には空間的距離の克服だといい、カール・マルクスは社会経済と交通は相互に影響を与えながら発達するものであるといい、アダム・スミスは国富論において交通の発達が国民の富を増大させることを指摘しています。

日本においては、戦後復興のなかようやく落ち着きが出始めたころ、やっと交通問題が提起されるようになってきたと判断しています。当時としては汽車とバスが国民の大きな足であり、買い出しから復興へ、生活問題から就職へ生産活動へ、交通は人々の夢と希望を乗せて走りました。

東京オリンピックの年、昭和三十九年を目標に東京はどんどん変貌しました。日本の高度成長と共に交通機関も情報網も発展していきましたが、自家用車が目をみはるように増大し、その保有率もウナギ上りという現象が出てきて、道路整備は新幹線と共に発展し、ハイウェイ、バイパスと名のつく有料道路も出現し、日本中の大半が網の目のように交通網が敷かれる日も間近と思われてきました。

ここに国鉄が問題になりはじめたのが経済事情。そこで国鉄からJRという民間機関となり、閉鎖路線が過疎地と共にあちこちに出現しましたが、交通ということは国民が自由に移動する権利、即ち憲法二二条、二五条に保障されていることであり、このことについてもいろいろと意見が出てきたのです。

閉鎖路線も第三セクターという方向で、あるいはバスでと、その処理方法も地方により、地域によりまちまちでした。これでいいのかという疑問は残りましたが、ともかく実施され今日に至りました。ところが、人間の欲望に似てその限度には限界がありません。

そこに公害という問題も発生してきました。「騒音、振動、排気ガス、ほこり」、ところによっては裁判に発展している現状から、交通という問題は輸送、移動のみでなく、あらゆる角度で影響を与えるものであることは、先に列記したように幸せを追求する如く、はなはだ困難なことであると考えながら重ねて道を探りたいと思っています。

ふるさと創生の役割

交通の発達は都市の規模、様相を変えてきたばかりでなく、町の形態をも変え、市民生活さえも変わってきました。

徒歩からバスへ、路面電車へ、そして人口はどんどん集中的に増加しはじめ、同時に一方では過疎化がはじまり人口が減少していきました。集中した都市は地下鉄へ、高架鉄道へと交通手段があれこれと発展していき、発展するにつれ地価高騰のため「ドーナツ化現象」がおき、住まいと職場がどんどん離れ、いっそう深刻に交通密度が多角的になってきたのです。

過疎地域においては人口の減少と同時に経済活動も不活発、国鉄の撤退のなかでどのように交通を維持するか深刻な問題が山積した中で、小さい一つの村が村民の移動の自由は確保したいと、たった一軒でも家のある道路は道のりがどれほどあろうときちんと整備されたと聞いて基本的な姿勢に敬意を持つものですが、その経済確保への努力はいかばかりかと思案するものです。

一九七〇年ころより自動車による「光化学スモッグ」の発生で、頭痛、吐きけに悩まされる人もでて、警報が出されるようになり、クルマ社会の裏側の文明を見たようで自家用車の保有率が著しく増加している実情をいやというほど思い知らされたのです。

しかし、ここで問題になることはスモッグを浴びながら歩行する人、車を持たない人、運転をしない人にどのように移動権を確保し、公害をどれだけ防げるか。人口、経済、モータリーゼーション、これらを重ねながら懸命に思考するのです。

従って「都市計画、交通計画」は市民参加で行いたいし、思考錯誤しながらも納得のなかで実施されることは望ましいことです。交通事故も上昇ぎみという、特に自動車との事故はあまりにも多く心新たなものが必要でしょう。

「マイカー」という言葉が日常語となり、その保有率も二・四人に一台あたり(一九八六年）という。この状態ではバスの利用人口が減少するばかりと判断します。その上、交通事故は増加することでしょう。アメリカでは「走る棺桶」といい、日本では「走る凶器」といわれているように、その対策も大きな問題ですが、これまた高齢者が多いようで、全死亡者に占める割合は一九八六年、二七・八％とで内訳は次のようです。

六十歳代	九六二人
七十歳代	一一四五人
八十歳代	四八二人
計	二五八九人

高齢者の人口予測は一九九〇年で六十歳以上は全人口の一七・四％、一九九五年では二〇％という上昇カーブになるということです。一段と事故予防に大きな準備が必要です。

歩行中の事故も大きな比率で驚きます。

六十歳代	五〇・七％
七十歳代	九一・六％
八十歳以上	一三四・八％

ふるさと創生に一番関心をもたれる方々が、このような悲しいめに遭わないよう、ふるさと創生の交通計画は市民参加で行いたい。

例えば、電柱一本四十センチの幅、溝（U字溝）の幅も四十センチ、これらが結構事故の落し穴になってはいませんか、注意したい事柄です。カーブでこの四十センチのために挟まれたり、この幅があるために通行しようとして車に触れたり、溝に落ちたりいろいろな事故が発生するのです。これらは要するに歩道が完備していないのが原因でしょう。入口は、ちゃんとした歩道でも五十メートルとか百メートルくらいしかない、本当に短い歩道などを通行するとその後が危ない、どうしてそんな歩道をつくるのでしょうか？　地域のみんなで監視したい、老人や子供達を事故から守ろうというのはかけ声だけでは困るのです。今一度新しい目で見つめ直したい。

市民と交通と暮らし

市民交通は、地方より都市の方が交通密度が高く活発です。もちろん住宅を起点に移動が発生するからです。

都市交通は住宅を起点としていることから、都市計画と交通計画の整合性を重んじなければならない。従って、小都市より大都市は建物の規制を交通緩和の第一に考えなければならない。そのように深くかかわってくるものであるということを知るのである。

現代の交通像の四原則といえるものとして、「平等」「利便性」「経済性」「整合性」、これらの四つではないかと判断する。まず平等でなくてはならない。それには第一に歩行者を、歩行権を無視してはならない。

次にマイカー時代といえども自動車を持たない人、運転しない人の利便も配慮しなくてはならない。経済追求の車時代であっても高速道路の設置ばかりであってはならない。歩行者の歩ける道路も、公共のバス路線も維持していくべきで、路面電車のように取りはずして自動車の受け入れだけを広げた判断には大きな誤りがあったのではないかと考える。近頃話題になってる公共バス路線の専用化についてもしかり、いうなれば都電の線路を外して白いラインを引いただけのようでもある。そのころの判断としては線路により自動車がスリップする危険性があるとか、乗車人口の減少など、その主な線路取りはずしの理由であったように記憶している。いま考えてみると、敷き詰められた石材という道路状況に難があったのではないかと思うである。

そしてバスの時代となり、それがマイカーへと高度成長と共に変化し、それにともない高速道路がつぎつぎに完成した。この時代の波に乗れなかった人々はおいてきぼりになったような気がした時代であった。

市民の交通は便利、快適に移動できることが目的で、市民の生活の豊かさを左右するものであり、これらの交通問題、交通政策は市民の福祉、生活水準に価値観の相違さえ発生させるのではないかと考える。

バスは乗車密度が五人未満になると企業としての維持が困難ということで、過疎地域においては移動の自由さえ難しい状況となり、「ふるさと創生」という合言葉のようなこの言葉を大にして語らなければならないということこそがそもそも問題点ではないか。

鉄道は輸送密度が四千人未満ということなのでバスに比べてコスト高、従って今回の路線廃止という事態になったと思われるが、赤字ローカル線は営業距離三十キロ以下で一日一キロあたりの平均輸送密度が二千人未満、行き止まり線は営業距離五百キロ以下で一日一キロあたり輸送密度五百人未満の基準で廃止となったとあります。

これによって町も変わった。憲法二五条の生存権「すべて国民は健康で文化的な最低限度の生活を営む権利を有する」も尊重されたい。

歩行環境と移動の自由

都市に人間的な環境をもたらすためには、まず町づくりの原点から見直さなければならない。そして交通という移動の自由を束縛してはならない。

歩行権、歩行環境というものは基本的形態としてあるべきものであり、それらが侵されつつあるのも現状でありますが、努力の姿もあり、都市においては子供の安全通学のために設けられた通学道路、主婦が安心して買い物をするための買い物道路、歩行者が自動車などに気を使わずにのんびり歩ける歩行者天国といろいろな道路が設置された。

一見、道路行政のよさを見るようでありますが、一定の時間帯、あるいは日曜日だけと、まだまだ不便な状況です。一般道路においては歩道さえ線引きできない細い道もあり、車道と歩道の分離は安全のために絶対必要であるのに、日本ではまだまだ混合地区が多く、交通事故の不安がつきまとっています。

そんな路地にも容赦なく自動車が進行してくるのです。やっと歩道を線引きした道路においても、狭くて利用困難なところが多く、極端に言えば幅広の境界線であってとても歩道とは言えないような現状。

横断歩道もしかり、横断はしたもののその先がない。これらの道路担当は市の行政ではなく警察であるという。これはおかしい。本来は市行政で将来を展望して配慮すべきで、市民の生活に関することは全て市の窓口で一本化すべきことで、そんなことを希望するものです。

また横断歩道をどこに設定するかなどということは市民、例えば町内会（自治会）などで利用者による市民参加が望ましいことです。

道路面積の都市面積に占める割合は公道のみで区部で一一・九%、私道を加えると四〇%と推定され、限界に達していると考えられるのです。また交通事故は増加の一方、従って人と車の接触をなるべく隔離したい。それには立体的、平面的、時間的に道路に対する考え方の転換が必要です。

歩行者の安全優先、環境保全の優先が先決であるべきで、幹線道路、分散道路、生活道路などの格づけ体系をしっかり行わなければならない。そこで乗り入れ禁止、制限、車種別、時間別の提案ができるものと考えているのです。東京を「ふるさと」と呼べる街にという呼びかけのなかでも東京はドーナツ型になってきて、「職・住」はだんだん距離をみるようになり、交通問題は困難を極めてきた。距離別に人口の増減を追ってみると、その距離は過疎地帯と同じような感じである。既に五十キロ地帯で一九七五年に一六・一%と断トツに増加している。これらに配慮が必要だ。

公共交通機関、鉄道、バス、道路問題

公共交通といえば直ぐ念頭にくるのが鉄道とバスですが、鉄道も歴史を重ね、国鉄からJRという会社になり、いろいろ運営にも変化が出てきて頼もしく成長してきました。

新幹線もどんどん延長されて国民の利便も配慮され、その発展は嬉しいことでありますが、一方に国鉄時代にはない会社としての利益追求の厳しさもあり、廃止路線もあちこちに出て心配なところです。同時に国民の生存権、移動の自由など、憲法の二二条、二五条に見られるような国民の権利を侵害することにあたるという疑問もあります。鉄道の廃止にともない第三セクターやバスに切り換えたところもあり、それぞれの運営はその当事者で既に活発に発展している模様もあり悲喜こもごものようです。

地方においては、いかに乗車人数を増加させるかということで、地域内利用だけでは困難と思われる町は観光とかイベントとか、他地方から乗客を誘致するということで企画されているようですが、単純な考え方では一時の問題ではないだけに長い将来を考えながら

計画を設定しなくてはならないと判断されます。

通勤などで混雑地を走るバスは、時間的にあてにならない現状に敬遠され、自家用車横行という事態を発生させたというイタチゴッコになった模様で、最近はこれらを見直し、かつての路線のようにバス専用路線を確保し、マイカーを排除した地域もあるようですが、これらもどのくらい長続きするか注目すべきところでしょう。

ちょっと責任は大きいですが、全ては運営の手段によるものと判断します。バスについても昔のように発車時刻を絶対視することができる運行が実施されれば信用を回復することができるでしょうが、なかなか困難であるとも考えます。やっぱり自家用車程便利なものはありませんが、その難点は駐車場の問題です。会社にそれぞれの駐車場が設置されているか、あるいはバスの乗り場に駐車場の施設があるか、それともどこにもないのか、それらにより利用率はかなり変化してくることでありましょう。この点の処理方法いかんによっても変わってくるものと思われます。

自動車はどんどん生産され需要に応じ、人々の所得が増えれば自動車も増えるということになり、便利さを味わった国民は足という表現で利用度は増加をたどる一方ということになったのですが、肝心の交通の道路問題がかなり大きな難問となり顕にしているのが現状です。高速道路ができ、バイパス、ハイウェイと新しい道路も山にトンネルに湾岸に、また川を暗渠にしたりして造られてはきましたが、緑や自然の問題、地価の問題とだんだん困難さは大きくなってきました。

道路の延長も自動車の保有台数に追いつく暇もありません。これら自動車の洪水を見ていますと、一気に飛びだして空を走りたいという欲望にかられるのはみんなの気持ちではないかと思います。名案がないままに自家用車は増えています。そこで、だいぶ前のことかと記憶していますが、「ノーカーデー」ということが公害という面から取り入れられて、月に一度は通勤などへの利用禁止という呼びかけステッカーなどがありましたが、もっと論理的に整理して今一度復活を呼びかけ、実行したらどうでしょう。そして新しい目でこれをどのように捉えるか、そこから今一度新しくやり直してみるべきだと考えます。

現在の高速道路の混雑、渋滞のなかで最近利用料の改定がありましたが、利用者はまだ不満を持っております。それはもっと配慮がほしいということです。即ちＪＲの新幹線のように予測時間内で通行できないときは払戻しをしたり、香港で実験されたように一定の時間帯に混雑した地域に乗り入れたら混雑料金を支払うという考え方はいい問題提起だと思います。

料金を支払う道路なら高速でなくてもいい、スイスイ走りたいという理由で個々の人々の土地出資により話し合って道路を作り、有料にして交通難を打破するような方向に努力してみたらどうでしょうか。また道路をスムーズに走るためには信号の設置場所に配慮がほしい。例えば大きな車の後ろにつくと信号が見えないので信号機を道路右側に設置するとか、信号の点滅時間の配慮を、例えばA信号地からB信号地への距離と自動車の速度と比例を計算したような信号機の点滅時間にすればスムーズに走れるという結果が出るのではないか。

制限速度四十キロの地点を四十キロで走行すれば、次の信号も概ね止まらないで次々と走行できるような信号時間を計算した信号機の設置にしたら次々と走行可能というようなことになり、自動車がたくさんとどこおらなくて混雑度が減少するのではないかと考えます。意味のない高速道路、運搬者のせいで混雑する道路の整理は社会問題として必然的なことです。この際大きな変革として配慮されたい。

恐縮ですが
切手を貼って
お出しく
ださい

112-0004

東京都文京区
後楽2−23−12
(株) 文芸社
ご愛読者カード係行

書　名					
お買上 書店名	都道 府県　　市区 郡　　書店				
ふりがな お名前			明治 大正 昭和　　年生　　歳		
ふりがな ご住所	□□□-□□□□			性別 男・女	
お電話 番　号	(ブックサービスの際、必要)	ご職業			

お買い求めの動機
1. 書店店頭で見て　2. 当社の目録を見て　3. 人にすすめられて
4. 新聞広告、雑誌記事、書評を見て(新聞、雑誌名　　　　)

上の質問に1.と答えられた方の直接的な動機
1. タイトルにひかれた　2. 著者　3. 目次　4. カバーデザイン　5. 帯　6. その他

ご講読新聞　　新聞	ご講読雑誌

文芸社の本をお買い求めいただきありがとうございます。
この愛読者カードは今後の小社出版の企画およびイベント等の資料として役立たせていただきます。

本書についてのご意見、ご感想をお聞かせ下さい。

① 内容について

② カバー、タイトル、編集について

今後、出版する上でとりあげてほしいテーマを挙げて下さい。

最近読んでおもしろかった本をお聞かせ下さい。

お客様の研究成果やお考えを出版してみたいというお気持ちはありますか。

ある　　ない　　内容・テーマ（　　　　　　　　　　）

「ある」場合、弊社の担当者から出版のご案内が必要ですか。

希望する　　希望しない

ご協力ありがとうございました。

〈ブックサービスのご案内〉

当社では、書籍の直接販売を料金着払いの宅急便サービスにて承っております。ご購入希望がございましたら下の欄に書名と冊数をお書きの上ご返送下さい。（送料1回380円）

ご注文書名	冊数	ご注文書名	冊数
	冊		冊
	冊		冊

「はっぴーねっと」

（月刊小冊子）

ママロンヘルプ協会発行

しあわせを感じるとき

最近、しみじみ朝起きたときの幸せを感じます。今日も元気に目が覚め、当然のそんなことにも全て嬉しく、自分で作り上げた基礎の上に立っているから誰にも遠慮なく何とかこのまま暮らしていければ幸いだと考える。

ともかく元気であること、安住の地があること、年金があること、などに支えられ幸いを感じるのです。身体的にも活性化し元気のもとを作りつつ安心と喜び、感謝でいっぱい。現実は高齢化社会といって、いろいろな数字やパーセントをみせられると肩身の狭い思いもしますが、問題点はその一人一人が元気でいつまでも社会参加していれば、悲しい問題提起はないものと考えます。

中高年は少なくも四十歳を過ぎたら、自分の将来を考えていかにして元気を維持し、健康で高齢期に入っていけるのか身体的、経済的、住居問題などを検討し満足のいく老後を考えたい。

人間の欲望は限度がないが、どのあたりを目標にするか、その設定を誤らないように、食べ過ぎない摂生や、人の嫌がる仕事にも進んで取り組む愛や、選り好みしないで現在の豊富な暮らしに満足感をもって元気に社会人として生きていきたい。地域の人として認められていることはとても幸せです。

〈二〇〇〇年九月号（一二五号）掲載〉

孤独死と人間復興

「朝顔の開きかかりてヒダ深く」人間は奥の深いもの、一人一人が生きる役割を感じ自分の生き甲斐を探し、健康で目的のために自然に活動できたら一番幸せであり、また、それが人間復興につながるものと考える。従って、孤独死はなくなるのではないか。

仮設住宅で孤独死が問題になりましたが、仮設住宅ばかりでなく最近多く発生しているようだ。孤独死でも自殺でも死ということについて、もっと思慮深くありたい。家族がいてもいなくても怠惰であってはならないし、行き過ぎるのも考えもの。ほどよいとか適当にということが、一番難しい判断を必要とするものであるが、それを面倒がらずにじっくり生きなくてはならない。その適当をマスターするところから、人生に悲しみや喜びが生まれるのであって、それらを乗り越えて生きていきたい。

〈二〇〇〇年九月号（一一五号）掲載〉

不安が商品になる

不安を商売にするなんて、とても大変な時代がやってきたのだと思って、よくよく考えてみると、そんな商品はいっぱいあるのに驚きました。私たちは無知であってはならないと肝に命じたわけです。

多くの人が入っている生命保険とか損害保険、なにか事故があったらとか死んだら困るからとか、そんな保険は人の心配や不安を商品にするもので、私たちの暮らしの最高の商品ではないかと思うのです。「法の華」という宗教の足の裏診断というものはそこをついている。不安というものは心の問題で、目に見えるものではないので、詐欺ということも簡単に実行できてしまうものではないか。人生、不安を持ったら全然進めません、自信を持って元気に暮らしたいものです。

〈二〇〇〇年九月号（一二五号）掲載〉

元気講座

健康と元気とはちょっと違う感じ。それは何か。そこで学習してみることにした。
元気とは生きる力で心、頭（知識・体験）、暮らし（衣食住・体）、情報を基本にして、自立（心身と心と経済）の暮らしを高めていくものであるという定義のようだ。

それを分解してみると心のバランスを上手に（静かな感情）、悩みもみんな受け止めて暮らすことから社会に関心を持ち自主的に交流することだ。

元気を保つために、元気は行動することで運動、栄養、休養などがほしい。発揮する力は精神的なもので自発性をだし元気を作る。

頭は身体のバッテリーでボディは活動、頭は心の働きである。脳の重さは一四〇〇グラムだが五十一歳から少しずつ変化し一二五〇グラムに、老化の心配はない心の持ち方ひとつにある。

リズミカルな生活をする。身体のリズムは二十四時間体内時計があり、体温も早朝は最低、朝食後上昇、夕方までゆるやかに上昇、睡眠と覚醒で九十分排便もリズムによる、生きていることは反射活動で、調節作用をする本能行動であり自己保存なのだ。

ライフスタイルは軽やかなテンポ感覚でリズムは強弱をもち、スケジュールのある暮らしをし、自分の心で設計し人に見せ認めてもらうのがよい。

一日になすべきことは食事と運動と休養で、赤血球は一二〇億で一％ずつ壊れていく。それを常時補っていかねばならない。

ストレスはためないこと。ストレスは行き先の見通しが困難な時、自分の意に反する時、気温の変化、心配ごと、心に残ること、体調の悪い時に発生する、これを解消するには人の評価を気にしないで原因を追求し、イメージトレーニングしてみる。自分の中に閉じこもらない、意識的に行動したり、目的をもって頭を働かせることだ。

人間関係は豊かにしたい、社会に出て広げたり、人の中にあって話あったり、家族関係、仕事関係、グループ、趣味学習、組織との人間関係など、友達がだんだん増えるのはよいが、年と共に友人は減っていくから大切にしたいものです。

〈二〇〇〇年九月号（一二五号）掲載〉

内面を人にさらけ出す

年よりは面の皮が厚くずうずうしいと嫌う人もいる。確かに電車の中で見かける姿、座席の狭い透き間にでんと大きなお尻を乗せてきたりして不愉快に思う人も少なくない。そんな様子からして、確かに年よりは言いにくいこともはっきり言う人になるようだ。公的介護の問題点でも指摘されているようだが、ヘルパーさんには何を頼んでもよいと思っているようで困惑すると新聞にも書いてありました。常識として判断すべきことも、現代は無関係という風潮なのであろうか。生活の基本である町内や向こう三軒両隣の人間関係も、生涯教育とか趣味の会でさえコミュニケーションは難しい。これらのすべては内面を人にさらけ出したくないという根底から始まっているのではないだろうか。さらけ出してしまえば何のこともないのに、プライドとかプライバシーとかで遮ることにより、より困難を発生するようだ。ずうずうしい年寄りと思われても必要なことは言うべきだ。そして裸で付き合ったらきっとうまくいくと思う。小説家が一人前になるには、みんなさらけ出し裸にならないとよい小説は書けない。いわゆる感動を呼ぶことはできないようだ。よい友達ができたら自分をさらけ出さなければ真の友情は芽生えない。

〈二〇〇〇年一〇月号（一二六号）掲載〉

家族、家庭とは

血族だけが家族ではないということで、グループホームという新しい家族的なグループもできてきた。マスコミでは家族の崩壊、家庭の崩壊を叫びはじめている。一方、高齢者は孫と遊ぶことも少なくなり、年金支給日にお小遣いをあげるだけという人もいる。老後は孫のお守りや孫と遊ぶことだったのが現代は敬遠され、つまらないというのが最近の高齢者の意識のようだ。

生活に対しても、これまで子供を頼りにしていたのが今は全て自己責任ということで、生きるのが難しくなってきた。従って、年齢に関係なく何でも学習しておかなくては、とんでもない失敗を招くことになりかねない。物覚えが悪くなったといって、忘れてしまってはいけない。だから暗記も記憶も想像力も磨いておかなくてはならない。それが現代であると認識して年を重ねていかなくてはならない。

〈二〇〇一年三月号（一三一号）掲載〉

「はっぴーねっと」

中高年の生き方

高齢者の話ばかりで面白くないかも知れませんが、誰にもわからない明日に向かって、豊かに暮らしたいと願いながら不安が募ってくる今日「あなたはどんな夢を見つめて生きていきますか」そこで、この夢の実現のために自分の価値観をみつけてみたい。私は積極的にも主体的にも一人一人が充実した生活をするために、当たり前ですが「睡眠、規則正しい食事、間食をしない、体重管理、定期的な身体の運動」この五つのチェックを怠りなくしたい。

老年期の特徴は、

(一) 身体や精神の健康を失う
(二) 経済的自立を失う
(三) 生き甲斐を失う
(四) 家族や社会とのつながりを失う

こんな喪失が発生します。

そこで、次のような能力は維持していくよう努力したい。
ⓐ柔軟性　ⓑ自我分化　ⓒ自我超越　ⓓ身体超越、
次の質問に答えてください。
・あなたは何をしているときが一番楽しいですか
・何でも話せる友人は何人いますか
・社会と積極的な付き合いをしていますか
　これらが自信につながり、認められたり、感謝されたり、やりがいがあったりして、張り合いが生まれて楽しくなります。
・人生の苦しみの時に備える「リスク管理」はどうしていますか
「もし」が「現実」になったときに慌てないで対処できるよう準備をしておきたい。
私達は常に選択をし続けなければなりません。「自己決定」「自己責任」というように「だまされ損」のないように情報開示やサービスについても、自分で勉強し選択しなければならないのが現在です。

〈二〇〇一年三月号（一三一号）掲載〉

高齢者パワーを社会に生かす

高齢者といえども自己管理のきちんとした人は能力も体力も落ちないでいるのです。ただ、これまでの社会通念として、慣例というかそれら年齢を基本にしている満六十歳を定年という慣しがあり、誠に残念な習性と考えていました。まさに宝の持ち腐れのような、もったいないことではありませんか。人間国宝という制度で見られるように、まだまだ素晴らしい技術、能力を持った人を定規で線引きするような制度に一考を促そうと考えていましたが、時代の変遷と共に変化してきたことは当然であります。

高齢者でも技術、能力の衰えていない人などは企業、団体などで充分その力が発揮されるようにしていただきたい。社会の流れというのは一箇所ではなく、全体におもむくものであると思うのですが、それは政治というものかもしれません。高齢者のパワーある活動を期待して。

〈二〇〇一年六月号（一三四号）掲載〉

テレビ番組に思う

最近のテレビは面白ければいいということで、ドラマでも暴力、三角関係、殺しなどが放映されていない番組が少ない。皆さんに聞いても、ドラマもありきたりでつまらないという。そこで貴方はどんな番組を見ていますかと調べてみました。その調査結果は次のとおりです。

ニュース九三%　ドキュメンタリー六八%　専門教養四六%　紀行四二%　スポーツ四一%　情報三六%　ドラマ三三%　音楽三〇%　映画二六%　クイズ一七%　ワイドショー一三%　料理一三%　バラエティ六%　アニメ六%

〈二〇〇一年六月号（一三四号）掲載〉

青春という賞味期限

結婚適齢期とか、定年とか、これまでの日本にはいろいろ年齢規制という制度があって、自分の考えと違うところで物事が進行していました。そんな時代から最近は定年という言葉を中止して、自分の責任で遂行できるところでリタイヤしたらよいではないかという点が表に出てきました。結婚適齢期も同じように、時代の言葉として「青春という賞味期限」という言葉に変りつつあるとか。人間も食料品なみに青年時代を賞味期限というような時代になってきたのかと、その言葉の使い方、表現の仕方など、感情をちょっと混ぜ合わせて熟語を作ってしまう今の若い人に不思議を感じるのです。

〈二〇〇一年六月号（一三四号）掲載〉

ベンチがほしい

買い物で疲れたり、散歩で疲れても以前はデパート、スーパー、遊歩道、公園。バス停などに必ずといってよいほどベンチがあり、時間待ちのときも便利でした。しかし、最近はこれらベンチは取りはらわれ座るところがなくなり、一番困っているのは高齢者で、中学生のように地べたに座るわけにはいきません。疲れた足を引きずって、石や木の端くれに腰をおろしている姿をよく見かけます。高齢者はまだまだ増加する見込みという今日、これら老人たちに一時の安堵する場を作っておいてほしい。介護問題でいろいろな発言がありますが、ともかくより元気な人々が多くなってほしいと思うのです。

〈二〇〇一年六月号（一三四号）掲載〉

あれば買いたい、まだない商品と欲しいサービス

二十一世紀に向かってますます高齢者が増加してくる今日、これらの高齢者に対してその自立を援助するためにも、ぜひサービスしてほしいと考えていることがあります。

(一) 昔のような御用聞きがほしい

(二) 買い物帰りの荷物が重い場合、かさばる物等の運搬に困難と思われるときの配達サービスがほしい

(三) 具体的に販売店で何百円以上のお買上げに際しては、自宅まで配達サービスをするという心がほしい

(四) 高齢者が引っ張っている買い物車、いつも車を引っ張っていることは大変な労働のような気がする。改造してもっと便利で利用価値のある、例えば車の車輪がもっとスムーズに走るような動きやすいものにできないか

結論的に言うならば重い物、かさばる物は買うのを止めようと思う現状を打破できるのだと提案する。

〈二〇〇一年七月号（一三五号）掲載〉

小さなグループの地域活動

福祉活動という言葉は何か難しい活動をしなくてはならないような観念になりがちですが、私たち一般市民の活動においては「思いやり、心づかい」そんな小さなモラルや、助け合いや、硬い言葉で言えばそれらが相互援助であり、それが福祉活動であり、それに自助努力をプラスアルファしたらよい地域活動になるのではないでしょうか。

隣近所の交流や、地域の人々と集まり、語り、そんなことを実践していたら楽しいものになると考えるのです。だから町のあちこちに小さいグループができたらよいと思っています。目的を持って集まって活動するようになったら、なお元気な組織ができるように思います。その目的は、「自分の健康維持と助け合い活動」そんな基本的な目的で常日頃のコミュニケーションをとっていれば、簡単に人のためにも動けるのでしょう。自分の健康を守ることも、とても大切ですが地域のためにも役立ちたい、各自が自分の元気を保持するための手段としてスポーツをしているように常々鍛錬すべきであると考えるのです。おしゃべりや、散歩などみんなで実施したら将来、最小限の迷惑で過ごすことができるのではないかと考えるのです。

老人検診というのも健康維持には大切なことですが、検診前の健康維持、それは各自の元気という気持ちのあり方に大きな意味があるのです。大きな団体より小さなグループの方が気軽にコミュニケーションもとりやすく人間関係も爽やか、そんな理由からも地域福祉にはもってこいのものではないかと考えます。元気に暮らすことも福祉活動の一環です。高齢者の生涯設計や経済計画、年金生活の計画など研修することも張り合いがあって希望が生まれ安心から生き生きするのです。生き甲斐のある楽しい人生を歩くためにも、またそれが地域福祉の原点にもなるものと考え、貢献というほど大袈裟なものではないが努力していきたい。

〈二〇〇一年七月号(一三五号)掲載〉

販売革命と消費者

国をあげて環境問題が検討されている今日、自治体もこぞってリサイクルを叫んでいます。これらに対処する政策として市民一人一人が自覚し、分別方式、再利用資源とゴミの区別をきっちり実施し、なおその残った不要物も本当に利用価値のないものかを確認したいものであります。新聞、雑誌などでいろいろなリサイクル方法がテレビなどで紹介されていて私達もそれに刺激されたりしています。また、あちこち見学に出向いたりして知識を持つようになり関心度も高まってきましたが、ここで問題点が浮上してきました。例えば家庭ゴミという小さな生活面から探し出してみますと、まずスーパー、デパートでの包装の内容、既にトレーに包まれた食品、袋詰めになっている野菜、衣料品、触りたくても触れない販売の仕方にも問題があるのです。ラップで封印されテカテカと光っていて中身が見えない、ナイロン袋に閉じこめられてる食料、衣料品、その鮮度も見えない販売の方法、消費者側はシールで確認、袋から出して見たいが販売側は袋から出したものは絶対その責任は購入者側という社会秩序を作っているので、中身の見えないまま購入して失敗することも多い。あわせてゴミも一緒に購入することになり捨てるものがたくさんになる現状であります。

業者も売らんかなでなく、反省して販売改革を図ってほしい。ゴミ減らしをいくら叫んでも消費者だけでは片手落ち。これでは成果は得にくい。販売側の姿勢も改革して地球規模の姿で努力してほしい。ばら売り販売や土の付いたままのものを販売すればトレー、ラップ、ビニール袋などゴミになるものが減少する。既に四月一日から電化製品のリサイクルが実施されたが、捨てるための費用を徴収することになり問題になっている。私達もささやかな分別回収をしているが、そのメリットもないという現状では一般人の協力は薄い。お互いの幸を追求するために、最小限のモラルを物品に対しても最後まで責任を持つということが必要であるとアピールしてほしい。社会的に一番欠けていることは、公共のモラルの低下であります。路上のタバコの吸い殻、コンビニの買物袋の放置、飲物の空容器、新聞、雑誌など、いろいろな物が路上に放置され風に吹かれて舞い上がり道にへばりついています。爽やかに暮らすためにゴミは必ず分別したい。

〈二〇〇一年七月号（一三五号）掲載〉

おわりに

「瓢箪から駒が出る」という言葉のように、私は常々出版など考えてもおりませんでした。が、運という風は不思議なところから吹いてくるもので、ある日「文芸社」という会社に電話したことがきっかけで論文集など作ってみたらとお誘いを受け、書きためてあった文章を整理してみました。ワープロにしまってあった文章も引っ張りだしたりしましたが、こうして整理しながら読み返してみますと、かなり古く感じられます。時代背景や社会情勢、そんな古さを感じるのもアッ！　という間、世の中の制度や仕組みがかなりのスピードで変化しているからです。振り返ってみてやっと確認するほどの早さで驚いています。こんな古いものを発表するのはという迷いもありましたが、私も人生の反省時、生き様、考え方、物の見方などを収録しました。

おわりに文芸社に対し、『ふだん着論』を美しく作って下さったお礼を申し上げます。

（第一章から第五章は一九九三年出版の再録）

〈著者プロフィール〉

安藤 吉枝（あんどう よしえ）

1924年（大正13）　愛知県名古屋市生まれ
1943年（昭和18）　名古屋市双葉洋裁学院師範科卒業
1947年（昭和22）～1949年（昭和24）叡智学園（洋裁・保育・授産所）を名古屋市に設立・運営
〃　〃　『ドレスドローイング』（洋裁学校教科書）自費出版
1951年（昭和26）　明治大学女子部法科卒業（1948年入学）
1951年（昭和26）～1964年（昭和39）　シチズン時計勤務
1971年（昭和46）～1975年（昭和50）　東村山市市会議員
1988年（昭和63）～現在　民間福祉団体「ママロンヘルプ協会」理事長

・授賞作品
1985年（昭和60）　「みんなで語ろう、私の提言」東京都知事賞
1986年（昭和61）　「語りつぐ故郷」東京都社会福祉総合センター会長賞
1993年（平成５）　「地域で取り組む健康づくり」東京都知事賞
〃　〃　『ふだん着論』自費出版
1995年（平成７）　「生き甲斐について」大阪千里老人文化センター市長賞
〃　〃　「高齢者の生き方」東京社会福祉協議会会長賞
1999年（平成11）　「地域福祉について」東村山市社会福祉協議会会長賞
趣　味　ウォーキング、ドライブ、読書（塩野七生）

ふだん着論

2001年12月15日　初版第１刷発行

著　者　安藤 吉枝
発行者　瓜谷 綱延
発行所　株式会社 文芸社
〒112-0004　東京都文京区後楽2-23-12
電話　03-3814-1177（代表）
03-3814-2455（営業）
振替　00190-8-728265

印刷所　株式会社　エーヴィスシステムズ

ISBN4-8355-2913-8 C0095